おおしろ房 句集

霊力《セジ》の微粒子

コールサック社

おおしろ房 句集

霊力《セジ》の微粒子

霊力《セジ》の微粒子　目次

時空巻く　二〇〇一年～二〇〇三年　三十五句……5

魂迎え《ウンケー》　二〇〇四年～二〇〇五年　三十二句……19

太陽の翼　二〇〇六年～二〇〇七年　三十九句……33

母は避雷針　二〇〇八年～二〇〇九年　四十二句……49

冬至雑炊《トゥンジージューシー》　二〇一〇年～二〇一一年　四十五句……65

片降り《カタブイ》　二〇一二年～二〇一三年　四十八句……83

メビウスの帯　二〇一四年〜二〇一五年　四十五句……101
霊力《セジ》の微粒子　二〇一六年　三十三句……119
片足忘れ　二〇一七年　三十三句……133
地球の心棒　二〇一八年　三十句……147

野ざらし延男　おおしろ房作品鑑賞……160
解説　鈴木比佐雄……188
あとがき……200

時空巻く

二〇〇一年〜二〇〇三年

三十五句

ジャズは木枯し心のうろこ吹きとばす

失速の地球を引っぱる揚雲雀

虹の弦ひいて銀河へ返す魂

西瓜割る肉弾の恋終わります

クジラ跳ぶ光のトンネル掘っている

鰯雲死へのプログラム解除します

流星群ファックスになだれ込む暗号文

カーソルで描く教室の子らはバーチャル

啓蟄の穴へと戻る葬の列

飛魚の少年生まれる春野かな

欠伸して手のひらで孵化する春の夢

浮雲の形見分けなのかすみ草

屋久島紀行　二句

屋久杉の千手観音時空巻く

軍鶏《タウチー》の足元に炎天とぐろ巻く

かき氷崩れ目鼻が泳いでる

玉葱や透明の夜気巻きつける

梅雨入りや猫の言葉も間延びして

異次元の冷気編み込むさがり花

紅葉の手倦怠の空を崩してる

ひらめの遺伝子持つ苺の高笑い

叔父が逝く月の車輪がへこんでる

三峡川下り紀行　四句

中国のへそ発熱し武漢動く

白帝城密談の蛇大河下る

地球の汗腺溢れて多湖の武漢

三峡下りアジアの皺をくぐりゆく

きりきりと虐待の月昇りゆく

石敢當《いしがんとう》風の貌が裂けている

ジャズは雨垂れ無月の軌跡です
曼珠沙華狂女のまつげの鉄格子
夕焼けが点火骨まで紅葉す

ゾウガメや戦地に転がるヘルメット

春一番戦争ゲームの実況届く

菜の花やカンカラ三味線に海溢れ

清明祭《シーミー》や身売りの幼女は蛇の穴

二月風廻り《ニンガチカジマーイ》クジラの尾から巻き起こる

魂迎え《ウンケー》

二〇〇四年～二〇〇五年

三十二句

初メール切り口はいつも青空

マンゴーや赤い惑星の離人症

虹の糸ほぐして作る赤子の瞳

母と子のどこを触れても静電気

目玉焼き夢の続きをしゃべってる

三色すみれ意見の違う人ばかり

ヨーロッパの旅　五句

ロンドンの時空のひずみ回転ドア

折鶴も発火の源イラクの空

アルプスの氷河続くや耳の穴

フランス語バラの蕾をかみしめて
シャンゼリゼ娘の歩幅はパリジェンヌ
ふつふつと疑惑の沸点ポインセチア

島中が罠かけて待つ魂迎え《ウンケー》

名を呼ばれ背筋を伸ばす雑草かな

深海の孤独と繋がる南大東島

トルコ紀行　五句

氷河期の足音近づくカッパドキア

雲海のはしごに座るシュリーマン

目の矛で耕していくトルコ紀行

イスタンブール風の結び目甘くなる

ボスボラス海峡海賊の子孫の海月かな

鰯雲女体を運ぶ密漁船

春キャベツ恋も柔らかく煮込めます

ダチュラ散る地上の毒を吸い尽くし

伊集の花空の深みに嵌ったまま

螢来い父の骨から水が湧く

月光も刈りとられゆく過疎の村

空を跳び地を蹴る子らは爆竹

BS「俳句王国」出演作品　二句

不眠症の白菜しゃべり出すキッチン

基地有刺鉄線《バラセン》ジュゴンの空のひっかき痕

夕焼けに都会のキリン消えちゃった

本部富士登山紀行　二句

ニライカナイへ塔カルストは船の帆先

カルスト台地風の割れ目がトンボ産む

太陽の翼

二〇〇六年〜二〇〇七年

三十九句

白菜や太陽の翼になりたくて

春一番人工骨も動き出す

朧夜や水道管をジャズ流れ

闘牛観戦俳句紀行　二句

勝牛のしっぽくるりと陽をつかむ

闘牛場の一番席にしろつめ草

炎帝やヘソピアスの妻はテロリスト

冬銀河コピーできない日を生きて

玉葱の肉欲を剝ぐ月光

花冷えや母娘の会話注ぐティーポット

爬虫類の眼をしてヒト科武器握る

デイゴ咲く後悔の空に爪立てて

苦瓜《ゴーヤー》や陽の結び目もきゅっと啼く

祖国とは寂しい響き野分け立つ

ナイル川の川面をみがく白い帆船

鰯雲掃除機の吸い口に集められ

初恋の瞳で弾けるソーダ水

シュレッダーにかけてしまえ夏の恋

ボーボーと茅《ちがや》の空は昏睡中

氷河期のマスク張り付く自閉症

湯浴みしてニンジン小僧が飛び出した

青空の動悸閉じ込めバレンタイン

春の夢煮込んでいるかロールキャベツ

うりずんや蟷螂の骨洗っている

基地包囲カーネーションは血を吐いて

五線譜にふわりとおりた恋螢

青空を茹でる匂いす芋畑

夕暮時《アコークロー》魚が空へ帰る予感

熊野古道・紀伊半島巡り　五句

アリバイが崩れる予感三段壁《さんだんべき》

太平洋に足湯している紀伊半島

那智の滝白き炎で身を焦がし

キリンソウ身を繕いて村を出る

露天風呂乳房に銀河流れ込み

蝸牛夕陽のよだれのような後悔

エイサー来るサメのごと身をうねらせて

カマキリの声の貼り付く補聴器かな

街角の悪女のようなポインセチア

ふらここや銀河の母へ会いに行く

露天風呂雲も足から入っていく

甲烏賊《くぶしみ》や白い肉質の闇拒む

母は避雷針

二〇〇八年〜二〇〇九年

四十二句

春雷や昏睡の母は避雷針

白菜や夜の静脈浮かしてる

寝返りて北斗七星に足を掛け

青空の搾りかすのような一日

桜散る死者の眼《まなこ》を埋めるため

雨粒が潰れて出てくるエゴイズム

大脳が崩れる予感五月闇

つわぶきの肩寄せ合って星を受く

梅雨空のどこかにある青のワイパー

カレーライス方程式も煮込まれて

紫陽花や殺意が芽吹く交差点

震災の時空を繕う蜘蛛の糸

逃げ水を巻き込みながらローラー車

風の刃を研いで甘蔗《きび》下葉掻く老人

片降り《カタブイ》ややじろべぇは声を上げ

盆市に売りに出された島言葉《シマクトバ》

少女は飛魚群青を抜けて来る

大脳にゴキブリはりつく熱帯夜

那覇まつり港川原人も綱を挽く

ダチュラ咲く時代の軸は少しずれ

自販機の裏に広がる氷河期

曼珠沙華地下の赤血球を噴きだして

教室は干潟子らの蟹歩き

宇宙と線刻石板で交信す

霾《つちふる》や水晶体から湧き出でて
前世からドミノ倒しの春が来る
星の子を飼育している眼孔かな

啓蟄や地球の背中痒くなる

アボカドや身の内の惑星自転して

海ぶどう地球の肺も苦しくて

紫陽花や雨粒に色を分けてやる

走り梅雨少年兵の瞳《め》は蒼く

暴れ梅雨奈落の底を見に行こう

路地裏に撒かれた蝶の銀の骨

日蝕や象形文字が跳びはねた

冷蔵庫にレモン転がる孤独死

不眠症口からゾロゾロ蜘蛛の子ら

不登校児のかんしゃく玉か天人花の実

十・十忌幾万の霊と綱を挽く

母と子の地軸がずれる冬木立

豆球の乳首透けて女正月

新北風《ミーニシ》や太古の呪文が目覚めゆく

冬至雑炊《トゥンジージューシー》

二〇一〇年～二〇一一年

四十五句

ＤＮＡが輪切りにされる十六日祭《ジュールクニチー》

花ダチュラ地底を魂が漂流す

地球の鬱が湧きでるシロツメクサ

うりずんや植物図鑑が湿り出す

大海へ銀河引き込む鯨のブリーチ

新北風《ミーニシ》の根っこ束ねる農夫の腕

ガジュマルの根は癒着した臓器かな

梅雨空にアルコール漬けの脳が浮く

神女《カミンチュ》の勾玉に乗るニライカナイ

遮断機に切られていく認知症の月

頭蓋に熱帯魚飼う認知症

認知症猫に戻って昼寝する

母の背にバーコード貼りつく認知症

認知症の母の手のひら蝶になる

認知症の母と星摘むリュウキュウコザクラ

認知症目の中で泳ぐ螢かな

ほろほろと柩の中へ月明かり

過呼吸の地球転がる熱帯夜

蜘蛛の糸風のメロディー弾いてる

日輪の卵割始める英祖王

沈黙のレモンを囓るデスマスク

最後まで水仙のごと叔母が逝く

花冷えや教室に満ちる拒絶感

新学期青空がリセットボタンです

3・11　六句

大津波陸に墓標を立てて去る

原発や素性隠した冬の蝿

大地震三日月折れて地に刺さる

原発や失語症の灰が降っている

冬銀河地球は青い柩となる

原子炉へ月光とろり流し込む

大仏の掌から湧き出す積乱雲

背中で潰されていく本音かな

木の魂・水の魂転がして鳴く赤翡翠《アカショウビン》

民主主義唱えて廻る洗濯機

夏嵐父の自転車の錆深く

曼珠沙華埴輪になって声を挙げ

鷹渡る前頭葉も汚染され

蓑虫や森の心音閉じ込めて

原子記号の太刀魚泳ぐ日本海溝

知花グスク・安慶名グスク巡り　三句

知花グスク輪廻転生のバッタ跳ぶ

百《もも》度《と》踏《ふみ》揚《あがり》木の洞《うろ》に渦巻く祈りかな

廃墟の闘牛場ひかりの水を溜め

冬至雑炊《トゥンジージューシー》ぽーんと夕陽を割って入れ

光年の孤独弾いて独楽廻る

原発の臍の緒つけた初日の出

片降《カタブイ》り

二〇一二年〜二〇一三年

四十八句

眼の奥に睡魔の湖《うみ》が広がって

花デイゴ体に鬱のコブつけて

片降《カタブイ》りや彼岸此岸の綱を引く

タンポポや絵文字のメール空を飛ぶ

花月桃森の卵巣が弾けてる

啓蟄や目覚める覚悟の不発弾

グルクンや風も空《から》揚《あ》げされる島

冬至冷さ《トゥンジービーサ》アンモナイトの渦刻む

青田風弥生土器より溢れ出て

脳内に薬物依存のカマキリ棲む

螢火や風の模様を辿りゆく

猫の目も金環蝕の途中です

不発弾巻き込んでいるキャベツかな

青田風大陸プレートぶつかって

二月風廻り《ニングヮチカジマーイ》島は孤独の螺旋階段

台湾紀行　三句

マンゴンディン金字ひらひら旅をする

橋桁が月夜を歩く台北

月光を身体に溜めて蛇の脱皮

スカーフの色を揺らして義母の逝く

月光が吊り上げている海底遺跡

後悔が消えるまで拭くガラス窓

静脈にジャズを流す末期ガン

冬の蝶ピアスの穴から生まれくる

3・11を思う　四句

地球が廃炉になるまで鳥渡る

啓蟄や床下で蠢く放射能

水温むセシウム街を徘徊す

うりずんや地球の前頭葉は核光り

タペストリーに鳥の囀り閉じ込めて

涅槃図に書き足していく「屈辱の日」

ペットボトルにクールダウンの魂詰めよ

グラウンド掘り起こしゆく死者の霊

水盤に雲を活けてる夏はじめ

オオゴマダラ慰霊の空を鎮めゆく

蓮の花空《くう》と息吐いて咲きにけり

電磁波や水面に触れて大夕焼

ひまわりの茎の爛れて学級崩壊

難聴のヒマワリ増えるオスプレイ

向日葵の眼底に残る後悔

ゴーヤーの涙腺膨らむ終戦日

オスプレイ陽炎の街の羽音かな

沖縄忌影持たぬ人とすれ違う

白菜の尻どっしりと井戸端会議

胎内に忘れた耳が浮遊する

枯れ尾花散骨のごと地を鎮め

耳鳴りも電波傍受か不喰芋《くわずいも》

蓑虫も金縛りになる秘密保護法

生きるとは瓦礫増やすこと鳥帰る

馬の耳セシウム払って年明ける

メビウスの帯

二〇一四年〜二〇一五年

四十五句

哀しみの眼球となるシャボン玉

靴底に放射能連れて入学式

白詰草メビウスの帯で基地囲む

シロツメクサ排卵のごと泡立つ地

首のないセーラー服並ぶ五月闇

レインブーツ都会の喧噪つれ戻る

萩・津和野・安芸の宮島桜紀行　四句

錦帯橋水面《みなも》に映すメビウスの帯

来世へと山桜続く列島汚染

折鶴の羽音激しく原爆ドーム

夜桜の根っこにつながる胎児たち

天人花森に夕日の破片散る

少女は拒食の月に囚われて

オオゴマダラふわり結界を越えて来る

飛魚や母の人生伴走す

パッションフルーツ胎内に月の卵もつ

月光が降りて芒になったのよ
熱帯夜頭蓋に恐竜飼っている
ペットボトルしぼんだ太陽吼えている

月蝕の裏でうごめく蛇の密談

風車祝《カジマヤー》海馬は青い沼となる

言葉には重さがあるよ天秤座

脳内で冬眠している爬虫類

紅芙蓉愛に時効はありますか

極月や詰め放題のもやし立つ

身の内の土星を廻す年女

目の奥の氷柱溶け出す卒業式

住所は基地の中琉球《リュウキュウ》小《コ》菫《スミレ》

輪転機より文字若葉溢れくる
若葉風点字の思いに触れていく
ゲリラ豪雨おしつぶされて行く古里

梅雨晴れ間ガラスの仮面外します

大花火死後世界への通路です

夕立や不発弾の島鎮めゆく

空蟬や夢の形で墜ちている

パソコンの闇と繫がる向日葵

家系図が守宮の背に張りついている

夕立や原子炉で孵化する疑惑

核の世に連れていかれる山羊の群

花ゆうな死児の遊び相手です

奥只見湖と三大絶景遊覧紀行　三句

流星の滝壺となる関東平野

鳥渡る関東平野を目玉に入れ

大都会モグラ叩きの音止まず

脳内の虎の子暴れる星月夜

守宮鳴く琉球王朝の子孫です

つわぶきやおしゃべりなマザーテレサです

霊力《セジ》の微粒子

二〇一六年

三十三句

石蹴って死期を決めてる山桜

マイナンバー貼り付いた背が痒くなる

除染して村は空洞鳥帰る

東御廻り《アガリウマーイ》俳句紀行　三句

降り注ぐ霊力《セジ》の微粒子東御廻り《アガリウマーイ》

神木の鼓動を連れて東御廻り《アガリウマーイ》

胎内で太陽《ティダ》飼い馴らす島の神女《ノロ》

長閑さや手足を伸ばす亀甲墓

死界へと首伸ばしてるつわぶきの花

青空を編み込んで咲くヒヤシンス

退職や金平糖の角とれて

余生とは噴水の上に乗っている

草千里馬が吐いてる蒼い鬱

シュレッダーに無口な時間溜まっていく

ひまわりは島のソーラーパネルです

治外法権の島に飼い馴らされた鶏ら

虚無の世に尾を入れている瑠璃蜥蜴

炎天にヒト科を吊す大都会

逃げ水やアスファルトで跳ねる魚

告白は千手観音に防御され

人権が溶け出してゆく陽炎かな

月裏で策略巡らす枯蟷螂

月の嘘土の真実かぎ分ける

うりずん南風《べー》手足に水かき生えてくる

月光に触れ女体から湧く螢

人生の一切は夢大枯野

過労死の街駆け抜けるジングルベル

星の水こぼさぬように独楽回す

今帰仁《なきじん》上り《ヌブイ》紀行　三句

海鳴りの闇に沈むか百按司墓《ムムジャナバカ》

怒濤封じ口閉ざしてるアカン墓

目の奥で花火となる蝶池城墓《イチグスクバカ》

異次元のひかり持ちくるカーブミラー

殺意ならひまわり畑が震源地

鳥渡る地球の動悸激しくて

片足忘れ

二〇一七年

三十三句

昼の月燃えかすのような人の世

孤児たちの未来図で折る紙飛行機

缶蹴りの片足忘れ大夕焼

菜の花や思想も言葉も汚染され

人権も風もぬめってる海雲かな

仮の世を接木のごとく生きている

花ギーマくちびる冷たく共謀罪

紫陽花や騙されてばかりの基地の島

春雷や余生は柩の形して

ハワイの結婚式　六句

ドミノ倒しで迫ってくる日付変更線

指紋の貌が嗤っているか入国審査

オワフ島のレイとなるダブルレインボー

天空への階段昇るダイヤモンドヘッド

オワフ島虹の鳥籠揺すってる

時差ボケの頭に放つ魚の群

西日さすキッチンに居座る疲労感

桃を剝く手は自堕落に蜜の嘘

畳目も自己主張する獺祭忌

火炎木空に広がる蕁麻疹

青空を直角に曲げクレーン車

山肌にべたべたとつく月の指紋

プチトマト余計な一言噛みしめる

圧縮された羽音閉じ込めエレベーター

サガリバナ花火の如き溺死体

水仙を活け芯から冷えてゆく

昼の月いわし雲の目玉です

肩先にストレス乗っているオリオン座

雲の縁縫い目ほどけて雨の降る

一切は夢大根を煮込む

大爪の甘嚙みゆるす初御空

北斎の波の鼓動が初日産む

シークヮーサー種に降り注ぐ爆撃音

菜の花やネグレクトの島に寄り添って

地球の心棒

二〇一八年

三十句

たんぽぽや除染の町に根を張って
耳底を草原にしてリュウキュウカジカ蛙
ダチュラ咲くパワハラセクハラ吐き出して

浜下り《ハマウイ》紀行　三句

浜下り《ハマウイ》や外反母趾のえら呼吸

浜下り《ハマウイ》やホモ・サピエンスは戻れない

浜下り《ハマウイ》や音立てて空潰れゆく

新聞に畳まれている蟻地獄

モノレールスマホの海に浮く目玉

嘘が膨らんで紫陽花になったの

海底の蒼吸い上げてヒスイカズラ

罫線が雨粒になる女梅雨

向日葵や土偶のごとき母が居て

指先も花月桃となる慰霊の日

熱帯夜あの世この世と寝返り打つ

ほうたるを柩に入れて銀河に流す

さまよえる子らの魂《マブイ》の螢舞う

ひまわり畑死児らが遊ぶ夕暮時《アコークロー》

金魚鉢に目玉泳がせ不登校児

どろどろの嘘詰め込んでパッションフルーツ

過労死の月の墓場かビルの底

水面の憂鬱連れてホテイアオイ

消しゴムのカスに絡まる記憶片

大根引く自由の大きさに比例させ

首根っこつかまれている島大根

仏像の吐息感じる万歩計

ダチュラ咲く死者のくちづけの匂いさせ

夕焼けに身を投げるごと枯れすすき

にぎやかな少女の指はヒメサザンカ

花すすき地球にまつ毛生やしてる

地球の心棒になるまで独楽廻す

野ざらし延男　おおしろ房作品鑑賞

失速の地球を引っぱる揚雲雀

地球は末期現象を呈しているという。開発優先で山や森を破壊し、川が涸れ、砂漠化が進行している。この失速した地球を揚雲雀が天へ引き上げているように感じたのだ。地球人の不安を投影させた作品。

（二〇〇一年七月）

屋久杉の千手観音時空巻く

世界遺産に登録された屋久島の原生林には七二〇〇年の樹齢を誇る縄文杉を始め、弥生杉・紀元杉・大王杉・翁杉などの名木が存在する。屋久杉は千年木以上を指し、千年以下の杉は小杉と称せられる。親の代の巨木が朽ち、その上に子杉が生え、孫杉が生え、三代にわたる植層も見られる。古代からの樹歴の厚みに感嘆するばかりである。千年木の屋久杉が生き残れたのは、中折れや裂木や枝分かれ、瘤や節が多く、材木には不適のため伐採を免れたらしい。
この句は杉の枝が無数に手を拡げているようにみえるさまを千手観音の比喩で表現した。姿形は天へ向かって一心に祈りをささげているようにも見え、苦悶に喘いでいるさまにも見える。長い年月の時間と空間を巻き取って今日の生を呼吸している。人間を超えた長寿の、畏敬の姿がここにある。

（二〇〇一年夏　屋久島・種子島吟行）

鰯雲死へのプログラム解除します

作者は鰯雲に寂寥感を感じている。多分、死にまつわる世界を想起している。肉親や親類縁者、友人などの死。そしてベッドに横たわる重病の人。もし、パソコンの画面で死の階段を昇っていく人があれば、そのプログラムを解除してあげたいと願っている。現代的題材による癒しの心情を口語タッチで表現した作品。

（二〇〇二年十月）

西瓜割る肉弾の恋は終わります

俳句は面白い。一見、無縁と思われる「西瓜」と「恋」が一句の中で結び付くと、新たな詩的世界が展開され、言葉が輝き出す。上五音「西瓜割る」の断定表現には断絶と間合いがある。この間合いは「肉弾の恋」の連想へと広がっていくための跳躍台の役割を果たしている。夏、灼熱の太陽と海と白砂、若者を象徴するぎらぎらしたまぶしい世界。「肉弾の恋」も展開された場所に違いない。

場面は夏の浜辺の西瓜割りシーン。割られた西瓜は果肉が弾け、血色の汁が飛び散る。あたかも、「肉弾の恋」の終焉のように。プラットニックなラブでもない、老いらくの恋でもない、肉弾相打つような、身も心も粉々になるような若者のハードな恋だ。眼前に割られた西瓜の赤い残骸……恋の破局は意外な形で幕が降ろされるものらしい。

「終わります」のことばのニュアンスには火中の恋から距離を置いた年齢層が浮かび上がるが……。

（二〇〇三年六月）

ジャズは木枯し心のうろこ吹きとばす

ジャズの演奏世界を造形的に表現した現代俳句。表現法としてはモンタージュ手法、「ジャズは木枯し」と「心のうろこ吹きとばす」に二分され、二物衝撃法に近い。

作者にとってジャズの内包する世界は木枯しが吹きすさぶ冬ざれの世界なのだ。眼には山河の枯色、耳には枯れた草木が吹き鳴らす音、心は身を切るような厳冬の荒野に置かれている。聴覚と視覚と触覚によって脳細胞が揺さぶられ、鳥肌が立っている。

「心のうろこ」は魚のうろこからイメージを内視した表現。「木枯し」は作者の精神性を表現していると解すれば、生ぬるい現実への叛旗の意味を持ち、「吹きとばす」は古い世界観からの脱皮を暗示している。

この句には日常の退廃的世界を吹き飛ばす生動感があり、心身を解き放つ言葉の装置が施されている。ジャズのもたらす快感を「木枯し」と「うろこ」の比喩で、脱皮を上手く表現している作品。

（二〇〇三年十一月）

目の矛で耕していくトルコ紀行

吟行詠の姿勢を問うた作品。トルコ共和国はヨーロッパとアジアの交差点に位置し、世界遺産が九点もあり、国全体が野外博物館であると言われる。四季の花が咲き、果実が実り、遊牧民の放牧風景が心を和ませる。魅惑に満ちたトルコを作品に仕上げるためには目を矛のように尖らせて風景を攻め、大地を耕すように詩想を練りあげなければ秀句は生まれない、ということであろう。

（二〇〇五年三月　海外吟行「トルコ紀行」）

ニライカナイへ塔カルストは船の帆先

ミラムイは沖縄本島北部の本部《もとぶ》にあるカルスト山の一つで「本部富士」と称されている岳である。カルスト地形とは石灰岩地域にできた地形の総称で、沖縄のカルストは熱帯カルストと称され、塔カルストと円錐カルストに分かれる。

沖縄の現実は軍事基地の要塞となり、平和な生活が著しく侵害され、前途に明るい光は見えない。この句はこのような重苦しい閉塞感を払拭してくれるようなダイナミックでスケールの大きな作品である。ニライカナイは沖縄の土着信仰のひとつで理想郷を意味する。現実には動かないカルスト山を帆船に見立て、先端部の尖った部分を帆と感知し、ダイナミックに波と風を切って進んでいくイメージ。空に突き出たカルスト岳は塔のように聳え、山頂には雲がたなびき、風が吹く。雲は大海原の波になり、風は帆船の帆を膨らます。時機到来、沖縄のニライカナイ（理想郷）へ向かって順風満帆のカルスト船の出帆である。

（二〇〇五年秋吟行）

白菜や太陽の翼になりたくて

作者が白菜の身になりきったところから発せられた句である。白菜の表相は緑色を帯びてはいるが、剝いだ一葉一葉は白い肌である。強い太陽光線のふり注ぐ畑で育ちながらも不思議なほど柔らかい白い肌を保っている。だから、白菜は「太陽の翼になりたい」と思っているのではないかと、作者は思いを巡らしたのである。捲った一枚一枚の白い葉が翼となり太陽に向かって飛んでいくイメージはファンタジックで詩的である。

（二〇〇六年二月）

春一番人工骨も動き出す

感覚の冴えた作品。「人工骨」が生きている。人工骨には神経はない。その神経のない骨が春一番の強風によってあたかも神経が蘇ったかのように動き出した、と感知した。命なきものに命を吹き込む、まさに、詩の本髄がこの句には流れている。

（二〇〇七年三月）

朧夜や水道管をジャズ流れ

「朧夜」は幻想性、「水道管」は生活感、「ジャズ流れ」は想像性。鑑賞のポイントは夢想的な雰囲気の朧夜が醸し出す静寂感を体感すること。静寂感を体で感じられなければ「水道管をジャズ流れ」の詩的表現を理解するのは難しいであろう。

朧夜は自然界が造り出した夜のオブラートである。この夢幻的な夜の皮膜に、人間生活の水道管を配置したのが俳句詩形の妙である。水道管は地表に剝き出しになったもの、と皮相的に解釈すると句の佳さが崩れる。掲句は「見えないものを視る」「聞こえないものを聴く」という詩心の根源に触れている。この水道管は地表に出た、肉眼で見える管ではなく、地下に埋設された水道管として解するのが正しい作品鑑賞になろう。「水道管」は詩心の水を湛え、詩弦を奏でている。日常の中に非日常を発見し、人生を楽しくさせてくれる。俳句詩形のもつ省略と飛躍を武器にして詩的創造力のある俳句に仕上げた作品である。

（二〇〇七年四月）

蝸牛夕陽のよだれのような後悔

夕陽は大景、蝸牛は小動物、後悔は人間の心の世界、この三者を結びつけているのが「よだれ」の一語である。

「蝸牛」の字面の「牛」はよだれのイメージにつながり、蝸牛の歩んだ跡にはよだれのような皮膜状の軌跡が残る。この二つのイメージが「夕陽のよだれのような」の表現へと繋がった。夕陽は一日の労働の終わりの刻、この労働の疲れを引きずるように夕陽が赤く町並に沁みている。夕陽光は不純物を内包したけだるい色で、身体に纏い付き、よだれのように連綿と付いてきて断ち切れない。赤いよだれは疲弊した神経の襞に浸入し、やがては後悔の壁まで辿り着く。

「よだれ」のぬめり感、不快感。連綿感は「後悔」に内在している負荷感や嫌悪感と通底している。現代人は雑多な人間関係の中でストレスがたまり、病症化していく傾向にある。「後悔」の言葉には上階へ上るステップにはなり難い後退的なイメージがある。心理的な葛藤がよく表現された句である。

（二〇〇七年七月）

春雷や昏睡の母は避雷針

「春雷」という季語を使ってはいるが自然界の春を詠うのが狙いではない。「人間」を詠うことを主眼とした句である。

母は子供を育てるために、様々な困難な状況を乗り超えてきた。時には外からの風圧を防ぐ壁になり、時には落雷を避けるための避雷針の役割をしてきた。「春雷」の音響と「昏睡」の静寂、この対比から生まれる母の生涯の陰陽。その陰陽に逆照射されているような娘の作者。

（二〇〇八年二月）

雨粒が潰れて出てくるエゴイズム

人間には他者には見せたくない醜いものが内在する。エゴイズムといわれる奴もその一つであろう。普段はあまり表面化しなくても、利害関係が絡むと諍いや衝突が起こり、エゴイズムが顔を出す。君子が豹変するときだってある。

私たち人間は生活の中で雨を全体像として眺めるときが多く、「雨粒」として焦点を絞って見るときは少ないのではないか。天から降ってきた雨は対物にぶつかってぐにゃりと潰れる。一粒の雨しずくは透明な球体で、周辺の木々の色を宿し、緑玉となり美しい。だが、この人間の心を和ます翡翠色の粒が「潰れる」ことによって美的なものが崩壊し、醜をさらけ出す。作者はこの潰れざまの醜さをエゴイズムと見たのである。見てはならないものを見てしまったような空虚感と虚脱感が漂う。「潰れる」は人格の崩壊をも垣間見るようである。誰にでも潜んでいるであろうエゴという名の毒、その毒を雨粒の崩壊を通して巧く表現した現代俳句である。

（二〇〇八年四月）

大脳にゴキブリはりつく熱帯夜

沖縄の夏は暑くて寝苦しい夜が続く。寝返りを何度もうち、疲れ果てた朝方にやっと寝入るありさまである。冷房をつけて快適に就寝する人もいるだろう。しかし、地球温暖化で環境悪化に拍車を掛けている冷房機はできるだけ使用しないように心掛けている人もいるはずだ。

ゴキブリへの嫌悪感が句の底に漂う。視覚的にはゴキブリの脂ぎる羽根や胴体、暗がりで触覚を動かし腐った食体を狙う不気味な奴。嗅覚的には臭気を体内に宿しているクサイ野郎。触覚的にはねっとりと肌に張り付くような不快の塊のようなゲテモノ。時には戸外の闇から不意に灯火に飛び込んでくる曲者。これらの嫌悪感の総体が、熱帯夜のねとねと、じとじと、ねばねばの嫌悪感と同質なのである。実態としてゴキブリが張り付いているのは人体、表現としては大脳に張りついている。ここに文学的表現の仕組みがある。沖縄の熱帯夜の嫌悪感、不快感を巧く表現した作品。

（二〇〇八年八月）

十・十忌幾万の霊と綱を挽く

「十・十忌」とは「一〇・一〇空襲」の日のこと。一九四四年十月十日、米軍による南西諸島への無差別大空襲があった。とりわけ那覇市は集中攻撃を受け、市の九〇パーセントが灰燼に帰した。一九七一年十月十日に「那覇大綱挽」が実施され、今は「那覇まつり」の一大イベントとしてギネスブック級の大綱を挽く。

戦死者の鎮魂と平和を祈念し、「幾万の霊と綱を挽く」のは十・十忌ならではの綱挽である。沖縄の心根を表現した句である。

（二〇〇九年一〇月）

遮断機に切られていく認知症の月

情緒的ではなく、知的に表現した作品。認知症を抱える人を「月」で象徴させ、その月が遮断機で「切られていく」ことによって、スライスされていく心傷を表現した。

（二〇〇九年一〇月）

「塩屋湾の海神祭《ウンガミ》」。国の無形民俗文化財。毎年旧盆明けの初亥の日に行われる豊年祈願行事。神アシャギの巫女《ノロ》の儀式（田港）・御水撫《ウビナディ》（タンナ川）・神遊び（屋古の神アシャギ庭）・爬龍船（塩屋湾）・角力（塩屋）など。行事のクライマックスは男たちの御願《ウガン》爬龍船《バーリー》競漕を、女性たちが半身を海に浸かりながら太鼓を叩いて迎えるシーンである。

神女《カミンチュ》の勾玉に乗るニライカナイ

神アシャギの儀式と御願《ウガン》爬龍船《バーリー》競漕を見学した。この二つの行事を神事の儀式らしく、現実を超えた世界としてイメージし、再構築した作品。古代の装身具とされる勾玉を句の中心に置き、陸上のシマの神女と海上の理想郷のニライカナイを上下に配して句の奥行きを深くした。翡翠の巴型の勾玉に乗っているのは髪の長い白装束の神女。この神女は塩屋湾を抜け、大海原へ出て、ニライカナイの理想郷を目指す。神女の白装束の白、勾玉の緑色、ニライカナイの海色、彩色が鮮やか。

（二〇一〇年八月）

大津波陸に墓標を立てて去る

二〇一一年三月十一日、東日本・関東をマグニチュード9の巨大地震が襲った。同時に発生した大津波によって福島・宮城・岩手三県の沿岸部の市町村が未曾有の災害を受けた。さらに、福島原発が地震の被災により損傷し、放射能が漏れ、陸と海に放射能汚染が拡大し、チェルノブイリ原発事故と同等のレベル7の最悪事態となった。原発の安全神話が崩壊し世界を震撼させている。

津波は、家や車や人を呑み込み、一気に町ごと引きさらった。海にあった船が陸上に上がり、ビルの上に乗り上げた。津波に襲われた市町村は瓦礫の山と化し、人影はなく、ゴーストタウン化した。

数百年に一度の大震災のもたらした被災の惨状、大きなビルだけが辛うじて躯体の一部が残っていた。このビルの残骸はまさに墓標のようであった。「陸に墓標を立てて去る」は俳句的に焦点を絞り、津波の爪痕の惨状に迫った表現である。

（二〇一一年三月）

光年の孤独弾いて独楽廻る

ヒト科のニンゲンは類人猿から進化を遂げ、人類を万物の霊長にし、地球という水惑星を支配してきた。だが、無窮の宇宙空間で地球は「孤独」との闘いであったかも知れない。地球に生存するヒトもまた孤独を抱えた生きものであった。廻る独楽は地球を模している。「弾いた」には「今」の時空性、瞬時性が表現されている。

原発の臍の緒つけた初日の出

東京電力福島原発事故によって放出された放射能という見えない敵は日本列島を震撼させている。「臍の緒」は母胎と赤ん坊をつなぐ生命線。その生命線と繫がっているのが原発、この痛烈な皮肉、批判。こんな「初日の出」の新年を迎えることの地球の危機、人類の不幸。

（二〇一二年一月）

月光を身体に溜め蛇の脱皮

蛇の脱皮の生々しさを表現した作品。「月光を身体に溜め」の表現で蛇のもつぬめぬめした感触や濡れ光る妖しい感じがうまく表現できている。脱皮の瞬間の生誕の神々しさも見える。感性が生きた作品。

（二〇一二年九月）

啓蟄や床下で蠢く放射能

「啓蟄」は自然界の虫たちが蠢くことであるが人間の住む家の床下では原発被災による放射能が蠢いている。今の時代に「蠢く」のは虫たちだけではないのである。「床下で蠢く」には眼には見えない恐怖が表現されている。俳句文学に関わる者は眼には見えないものを透視する詩眼が必要である。

（二〇一三年三月）

片降《カタブイ》りや彼岸此岸の綱を引く

「片降《カタブイ》り」は沖縄の言葉。驟雨、夕立の意である。一方は太陽の光が射し、片方は雨が降っているという意から「片降り」の言葉が生まれたのであろう。片降りは現実世界を一変させる。手前は雨の壁ができ、遠方は太陽光が降り注ぐ。この現象から、彼岸（太陽光の世界）と此岸（雨の世界）の想念が生まれた。片降りの雨群は時には集団移動する。この雨の動きが「綱を引く」の表現になった。異次元的世界を巧く詩的に表現した句。

（二〇一三年一〇月）

地球が廃炉になるまで鳥渡る

福島第一原発事故による放射能汚染は陸海空に広がり、甚大である。だが、国は原発再稼働へと舵をきった。世界には核施設や原発が多く存在する。地球の安全のためには核の廃炉が望ましい。鳥たちも、地球環境の安全地帯へと渡る。鳥に見放されるとき、地球は「廃炉」になり、滅亡しているはずである。

（二〇一三年十一月）

沖縄忌影持たぬ人とすれ違う

「影持たぬ人」が不気味さを際だたせている。沖縄は沖縄戦において富国強兵の国策の犠牲にされ、捨て石にされた。今日、軍国色の濃い「影持たぬ人」が亡霊のように出没している。戦争の影を忘れた人が世の中に増え、軍事基地の強化に手を貸し、お金に目が眩む人たちもいる。街中ですれ違う人にも疑心暗鬼する。今の時代の危うさ、怖さをうまく表現した作品。

（二〇一三年十一月）

哀しみの眼球となるシャボン玉

シャボン玉は空に漂いながら彩色を放ち、夢幻的である。作者がこの球形のシャボン玉に眼球を意識した瞬間からシャボン玉に「想い」が投影される。シャボン玉の眼は亡くなった人を想起させたようだ。「哀しみ」という表現には生者の眼ではなく、逝去した人の「眼」が映じているように思える。シャボン玉は夢幻的であるが憂愁的でもあったということであろう。そこに詩的発見の眼がある。

（二〇一四年二月）

梅雨晴れ間ガラスの仮面外します

「ガラスの仮面」が個性的表現である。「梅雨」最中は視界がクリーンではない。すりガラス越しに見ているような視感覚。例えば、眼鏡が雨でくもる。そのくもり眼鏡を通して外景をみている感じ。室内は湿気が籠もり、透明な窓ガラスも曇って視界が不透明になる。まるで、「ガラスの仮面」をかけているような不快な違和感を表現している。「梅雨晴れ間」はこの「ガラスの仮面を外す」ほどの快晴であり、視界がクリーンになった喜びを表現している。

次のような解読もできる。現代社会は情報が氾濫し、何が真実か見分けにくい状況にある。いつもくもりガラス越しにものごとを見ているようなにごり感、社会全体がうすい幕で覆われているような不透明感がつきまとう。国家権力の推し進める積極的平和主義、辺野古新基地建設、安保法案などは「戦争の仮面」をかぶっているように見える。すかっと、「ガラスの仮面」を外したいものだ。

（二〇一五年六月）

夕立や原子炉で孵化する疑惑

福島原発事故で原発の安全神話が崩壊したにも関わらず安倍政権は原発を再稼働させた。メルトダウンした原子炉は高濃度の放射能のため人間を寄せつけない。廃炉にするには四十年はかかり、予算も膨大な額になる。除染も核廃棄物も未処理のままだ。夕立で原子炉は湯気でもたてているか。金で動く政財界の蠢きがどす黒い「疑惑」の塊となって孵る。

（二〇一五年七月）

石蹴って死期を決めてる山桜

普段、石を蹴ることはあまりない。「蹴る」行為へ導く心理が反映されたときこの行為は起こる。例えば、嫌なことがあったとき、その感情のはけ口として石を蹴る。あるいは、ある決意をし困難を覚悟して突き進むとき、覚悟の表明として石を蹴る。

この句の場合は後者であろう。「死期を決める」覚悟が石を蹴る行為へつながった。闘病の果てか、老境の果てかは定かではないが他律的な死期の意識ではない。自己の意志で死期を決めようとしている。それは自決や自爆に通じる鳥肌が立つような切迫した心理状態に立っている。

桜は全ての葉をそぎ落として樹勢の頂点で花を咲かせ、散る。この散る行為は他律的に強風がきたから散るのではない。桜自身の意志によって死期を決めているのである。ここでは桜の木が枯死する前の状況をイメージしているのかもしれない。擬人化した山桜が戦慄的である。

（二〇一六年二月）

降り注ぐ霊力《セジ》の微粒子 東御廻《アガリウマーイ》り

「東御廻《アガリウマーイ》り」とは知念・玉城（沖縄本島南部）の聖地を巡拝する神拝の行事。首里城を中心にして、大里・佐敷・知念・玉城の各間切《マギリ》を東方《アガリカタ》といい、このルートの拝所巡りを「東《アガリ》廻《マーイ》り」と称した。

首里城園比屋武御嶽《すぬひゃんうたき》から玉城《たまぐすく》グスクまでの十か所の聖地に繋がっていた「念《おも》い」は王権と神の存在であり、霊力《セジ》であった。とりわけ、世界文化遺産の「斎場御嶽《せーふぁうたき》」は琉球王国最高の聖地とされ、聞得大君《きこえおおきみ》（琉球の信仰の最高位の神女）が祈願した霊地である。一番座の拝所「大《ウフ》庫理《グーイ》」や二つの岩が造り出す三角形の空間の「三庫理《サングーイ》」の拝所には強く霊力が働いていると感じた。神の島久高島を遥拝できる奥には太陽光が目映く降り注いでいた。この神域の雰囲気を詩的に「霊力の微粒子」と表現した。感性が生み出した作品。

（二〇一六年五月）

余生とは噴水の上に乗っている

余生って何だろうと考えたところから生まれた作品。噴水は涼を呼ぶ。暑い盛りには噴水の飛沫を浴びたいと思う。噴水の頂上部に乗ることができればさぞや痛快であろうという心情にもかられる。これは夢として持っておきたい。一方では、頂上まで達した噴水の水勢は一気に崩れ落ちる。この崩壊感は不安につながる。このように、希望と不安の交差しているのが余生というものなのだ。

（二〇一六年四月）

虚無の世に尾を入れている瑠璃蜥蜴

瑠璃蜥蜴の二面性を巧く表現している。虚無の世に入った尾の存在が鮮やか。虚無をまさぐる哲学的な眼差しが鋭い。

この句の「虚無」は虚実皮膜の「虚」に近い。瑠璃蜥蜴の長い尾は光沢があり妖しい瑠璃色をしている。この現実離れした瑠璃色の尾が「虚」を浮かび上がらせ、「虚無」へと意識を潜行させたのである。胴体部の土色は「実」。この虚実を把握する複眼的な思考が詩的領域を切り開き、魅力的な表現になった。「虚無の世」の表現には時代性が顕現され、一動物の肢体の色を超えた人間の世の「虚しさ」が表現されている。

詩は現実の深部に触手を伸ばし、現実の核を掴み出す。虚無という眼には見えない内的世界を可視化し、言語化し、詩的世界へと誘う。

（二〇一六年七月）

人権が溶け出してゆく陽炎かな

抽象概念の「人権」を具象的な「陽炎」で溶かしたところに表現としての特色がある。沖縄は、戦後二十七年間米軍占領下におかれ人権は無視されてきた。一九七二年に日本復帰はしたが軍事基地は残存させ、日米両政府による沖縄の人権は踏みにじられてきた。今、「辺野古」や「高江」の新基地建設で「人権」無視の権力の横暴が続いている。沖縄の住民にとって「人権が溶け出してゆく」は実感なのである。

（二〇一六年八月）

月裏で策略巡らす枯蟷螂

枯蟷螂とは夏の緑色の羽根から枯色に変わった冬のカマキリのこと。この枯れた色は枯れ草と同色だから身を守るための保護色の役割も果たす。月裏は表面には見えない世界、社会の裏側と解釈しておく。社会の裏には魑魅魍魎が跋扈し、人道から外れた裏道で策略が巡らされる。沖縄に軍事基地を押しつけてくるのも悪意の策略のひとつ。軍事色の迷彩を保護色にして権力者はカマキリの斧をふりかざす。枯蟷螂の本質を見抜かねばならない。

月の嘘土の真実かぎ分ける

月は一ヵ月のサイクルで上弦の月から下弦の月へと相貌を変える。一つの相貌が真実であるとは言えない。地上にも様々な風土、土質、匂いがある。嘘と真実を嗅ぎ分ける感性が必要であろう。

（二〇一六年九月）

海鳴りの闇に沈むか百按司墓《ムムジャナバカ》

「百按司墓」は多くの按司（貴族）が葬られている墓の意。墓は洞窟を利用して造られ、遺骨や骨壷などが無造作に置かれている。墓は高台の斜面に位置し前方には海がみえる。海鳴りは按司たちの悲哭。歴史の闇に埋没した按司たちの悲哭は沈んだままなのか。生者の姿勢が問われている。

（二〇一六年一〇月）

鳥渡る地球の動悸激しくて

地球は危機に瀕している。戦争やテロ、核開発などの人災。地震、津波、火山、洪水、干魃、火事、台風、竜巻など天災も多発している。鳥は空を飛べるからよいだろうとは言えない。彼らが住む森や山、海や川、湖も次第に枯渇し始めている。人類はこの地球の不整脈を治療し動悸を鎮め、正常な脈拍にもどせるであろうか。

殺意ならひまわり畑が震源地

発想が新鮮だからインパクトのある句になった。殺意はどこか暗いところに隠れている訳ではない。太陽の花といわれる向日葵畑に殺意の震源地があると断定した表現は平和ボケした今日の日本を痛烈に批判している。大きなものに抱きとられ、ぬくぬくと権威によりかかり、きれいな衣類をまとう安逸な場所、それが暗喩の「ひまわり畑」である。

（二〇一六年一〇月）

浜下り《ハマウイ》や外反母趾のえら呼吸

「浜下り《ハマウイ》」は陰暦三月三日の行事。浜に下りて海水に身体を浸して身を清めるという民間信仰による。現在はこの民間信仰は薄れ、家族揃ってのピクニック的要素の強い潮干狩りの行楽になった。このような時代の流れは「浜下り」行事尊重派からすれば外反母趾的な歪みを感じるのであろう。ニンゲンの足が水中に入り、鰓呼吸していると把握した視点が、ニンゲン生活の呼吸困難を起こしているような、生きづらい現代人の屈曲感が表現されている。

俳句紀行地の「海中道路」の前方には石油コンビナートの平安座島がある。かつては熾烈な反CTS闘争のあった場所。今は何事もなかったかのように静かに石油タンクが林立しているが、激動の時代背景を句の裏に読み取れば外反母趾の痛みも更に深まるであろう。

（二〇一八年三月「海の生き物観察」俳句紀行）

浜下り《ハマウイ》やホモ・サピエンスは戻れない

ホモ・サピエンスは現生人類の学名。「ホモ・サピエンスは戻れない」は人類の方向性の原点を問うている。「浜下り」の行事も身を清めるという原点を問うている。浜下りを批評眼で捉えた句。

（二〇一八年三月）

新聞に畳まれている蟻地獄

新聞は世界の動きをリアルタイムで報道してくれる。戦争やテロ、核兵器や原発、災害、難民、感染症、地球温暖化、熱中症など深刻な問題が地球には頻発している。沖縄では国策の強権による辺野古新基地建設が蟻地獄に追い込んでいる。「畳まれている蟻地獄」を開き、問題点を摘出する眼力を忘れてはならない。

（二〇一八年六月）

解説　沖縄の「孵《す》でる精神」を引き継ぐ独創的な試み
――おおしろ房句集『霊力《セジ》の微粒子』に寄せて

鈴木比佐雄

1

おおしろ房氏が第一句集『恐竜の歩幅』に次ぐ第二句集『霊力《セジ》の微粒子』を刊行した。この二十年間の作品から俳人で夫のおおしろ建氏とも相談し選句したという三八二句が収録されている。二人は、野ざらし延男氏が主宰する「天荒俳句会」の創刊同人であり、おおしろ建氏は同人誌「天荒」の編集や事務局を長年務めている。野ざらし氏は句集『恐竜の歩幅』の解説文で、二人との出会いについて触れている。野ざらし氏が一九八一年に宮古高等学校に赴任し、「天荒俳句会」の前身である「耕の会」を発足し俳句の土壌を作ろうと志していたところ、数学教師であったおおしろ房氏と国語教師であったおおしろ建氏たちが参加してくれたのだった。その会が発展して現在の「天荒俳句会」になったと記している。また野ざらし氏は当時の思いとして、五〇年前の一九三一年に同じ高校（旧制宮古中学）に赴任した篠原鳳作の姿と自己とを重ねていた。鳳作は鹿児島県出身で、初めは「ホトトギス」や「馬酔木」などにも投句していたが、東大を卒業し帰郷した一九三〇年の二十四歳の時に福岡市の吉岡禅寺洞の無季俳句を試みる「天の川」に投句し始めた。その中の一九三四年に発表した「しんしんと肺碧きまで海の旅」は「馬酔木」の水原秋櫻子をして「この句により鳳作は無季第一の作家である」と言わしめた。沖縄をテーマにした名句を詠んだ鳳作は一九三六年には三〇歳の若さで亡くなり、その才能や詩魂を惜しまれた。野ざらし氏はこの鳳作の撒いた俳句の種を育て豊かに開花させようと、子供たちへの国語教育や「天荒俳句会」を通して実践してきたのだろう。

「天荒」を開けると《「天荒」は／荒蕪と／混沌の中から／出発し／新しい俳句の／地平を拓き／創造への／挑戦を／続けます》と俳句文学運動の理念を掲げている。野ざらし氏は芭蕉の原点を問いながらも、「新しい俳句の／地平を拓き／創造への／挑戦」を実践されてきたのだろう。

野ざらし氏は第一句集『恐竜の歩幅』の解説文「闇の突端を耕す」の中で次のようにおおしろ房氏の俳句の特徴を指摘している。

《房作品の特徴は感性の弦が高鳴っていることであろう。肉眼では見えない世界や音の無い世界を胸泉へ引き寄せ、臨場感溢れる詩世界を構築する。作者の鋭い詩眼は、表層的・生

活的・既知的・日常的世界を、深層的・想像的・未知的・非日常的世界へと転移させる。》

このようにおおしろ房氏の特徴を、日常世界を「深層的・想像的・未知的・非日常的世界へと転移させる」ことだと語り、さらにおおしろ房氏の精神が独自の圧力をかけて、未知の創造空間を作り出してしまう資質に野ざらし氏は気づいてしまったのだろう。最後におおしろ房氏の句「体中涙腺にして蛇の脱皮」を挙げて、その俳句作家としての「闇の突端」を突破する力があるとその句を高く評価する。野ざらし氏は「天荒」六〇号の評論「沖縄を掘る――孵《す》でる精神」で、自らの俳句精神を「孵《す》でる精神」であり、それは沖縄の「おもろそうし」（沖縄・奄美地方に伝わる古い歌謡）に流れている沖縄の魂を、「蛇の脱皮や雛の孵化のように再生する」ことだとその本質的課題を解説している。野ざらし氏にとっておおしろ房氏は自らの俳句精神を体現する有力な作家であると考えているのだろう。

2

句集『霊力《セジ》の微粒子』は十章に分かれている。一章「時空巻く」の冒頭は次の俳句だ。その句を含めて「時空巻く」から五句を紹介したい。

ジャズは木枯し心のうろこ吹きとばす

アメリカの黒人が人間の尊厳を奪われて奴隷として服従させられたように、沖縄人も日米政府から今も植民地のように多くの軍事基地が残されており、辺野古海上基地も力づくで進行中だ。このような不条理な扱いを受けていることを踏まえて、ジャズを生み出した支配や抑圧から自由を取り戻す黒人の魂に、おおしろ房氏の魂は共鳴しあうものがあるのだろう。もちろん白人・黒人の米兵が沖縄の女性たちの尊厳を踏みにじってきたことが不問にされるわけではない。しかし、おおしろ房氏の俳句の隠された魅力は、この世界の人間が支配され管理されることから自由になるためにジャズの誇り高き精神の俳句を詠み、人間の自由や想像力などを駆使して表現することから、未来を創造していきたいと願うことなのだろう。この句は七・七・五であるが流れるような一行詩で、ジャズ好きの人びとなら我が意を得ていると感じ、心に刻まれてしまう句だろう。このブルースを歌い個人の内面をさらけ出すあっけらかんとした軽みのようなリズム感がおおしろ房氏の特徴の一つだろう。

屋久杉の千手観音時空巻く

アインシュタインは、巨大な二つのブラックホールが激突して引き起こされる重力波のようなものを予言し、多くの科学者たちは今もそれを探求している。数学教師のおおしろ房氏は、樹齢数千年にもなる屋久杉で作られた観音像に、時空のゆがみのような只ならぬものを感じてしまい、それを「時空巻く」と表現したのではないか。この感覚は句集名ともなった「霊力《セジ》の微粒子」にもつながっていき、二つのブラックホールが激突して生まれる巨大なブラックホールのように、屋久杉と千手観音を融合させて新たな創造物を作り上げて、苦悩する民衆の魂をそれによって救済しようとした僧侶たちの願いを、「時空巻く」という言葉に込めようとしたのかも知れない。

異次元の冷気編み込むさがり花

一夜限りの花と言われる「さがり花」は、日本では奄美大島以南に自生し、石垣島や西表島に自生の群落がある。長さ数十センチの総状花序が垂れ下がり、花は横向きにつき夏の夜に開いて芳香をあたり一面に放つ。その美しさにツアーも組まれているらしい。この句には夏の夜に白または淡紅色に咲く「さがり花」を夕涼みのように見に行くことは、この世とは思われない世界を感じることだと告げている。「さがり花」の光景は、この世界から異次元の入り口を垣間見ることなのだろう。

曼珠沙華狂女のまつげの鉄格子

この句にある「狂女」と言えば、野ざらし氏の代表的な句「黒人街狂女が曳きずる半死の亀」を想起する。「黒人街」とは沖縄市にあった米兵の黒人たちが通った赤線があった場所で、「狂女」とは乱暴する米軍兵士であり、「半死の亀」とは沖縄の女たちのことを喩えていると思われる。おおしろ房氏の「狂女」は沖縄に居座る普天間基地、嘉手納基地などの多くの「米軍基地」や、辺野古海上基地などを指しているように想像する。基地や米軍基地を取り囲むバリケードやフェンスや柵は、「狂女のまつげの鉄格子」だと秋に咲く「曼珠沙華」を見るたびに感じているのだろう。私には「狂女」はいつになったらその「鉄格子」を取り払い沖縄から去っていくのかを問うているように思われた。また「鉄格子」が精神を病んだ「狂女」と作者との境界線と読むことは可能であり、艶やかな目元に残る「狂女」の悲劇を物語っている。

清明祭《シーミー》や身売りの幼女は蛇の穴

清明祭とはお彼岸のことで先祖の霊をお迎えすることだ。そのような家族・親族の保護から弾き飛ばされた「身売りの幼女」が、社会の底辺で苦労しその果てに精神を病み、昔の映画にあった精神病院の中でも最悪の独房である「蛇の穴」に閉じ込められた「狂女」を想像している。おおしろ房氏はこの社会で最も不幸な経験をした人びとの人生に関心を持ち、その悲劇を語り継いでいこうとしている。この「曼珠沙華」と「清明祭」の句などは沖縄の女と子供の地上の悲劇を異次元の天上と激突させた胸に刃を突き付けられる句だと思われる。

3

次の二章から十章の章タイトルは「魂迎え《ウンケー》」、「太陽の翼」、「母は避雷針」、「冬至雑炊《トゥンジージューシー》」、「片降り《カタブイ》」、「メビウスの帯」、「霊力《セジ》の微粒子」、「片足忘れ」、「地球の心棒」だ。その言葉のある句を引用してみる。

島中が罠かけて待つ魂迎え《ウンケー》

沖縄では旧盆の七月十三日から十五日の三日間に先祖の霊を迎えるお盆を行う。「ウンケー」（迎える）とは旧盆の初日の十三日を指していて、十四日の「ナカビ」十五日の「ウークイ」（見送る）の三日間を先祖の霊と食事を共にするという。本州のお盆は八月十三日から十五日の新暦だが、沖縄のお盆は旧暦が暮らしに根付いている。お盆の仏壇飾りでは沖縄の独特のお供え物が並び、先祖と一緒に食べる食事、お迎え、見送りなども様々な仕掛けがあるのだろう。そのことを指して「罠かけて待つ」と言っているのかも知れない。沖縄人が先祖の霊を迎え、先祖と語らい、時に踊り楽しむこともあるようで、あの世とこの世が入り混じる非日常性がとても大切な時空間なのだろう。

白菜や太陽の翼になりたくて

白菜はもともと結球していないで葉は開いていたのかもしれない。人間が食料にするために今の形が増えているが、白菜は本来的はその葉に太陽の光を浴びて、葉を翼にして空を飛んでいきたいと白菜の気持ちがいつのまにか自分の心持ちになっている。

春雷や昏睡の母は避雷針

昏睡状態で心臓の力が衰えて脈も無くなりかけて危篤になった母を前にして、自分をこの世に誕生させてくれた存在に対して、絶望的な心境になっている。その時にまだ助ける方法がないのかを、おおしろ房氏は問うていたのだろう。春雷の力を借り、母の心臓の避雷針となって心臓を再び動かせたいと強く願うのだ。母を生かしたい子の切ない思いが伝わってくる。

冬至雑炊《トゥンジージューシー》ぽーんと夕陽を割って入れ

冬至雑炊《トゥンジージューシー》とは、夜が一番長くなる冬至に、火の神を呼び寄せ家族の健康を願って作る炊き込みご飯のことだ。その中に黄金のような卵も割って入れ、火の神の太陽のエネルギーをさらに家族に届けたいと願うのだ。

片降《カタブイ》りや彼岸此岸の綱を引く

「片降り」とは沖縄でよく遭遇する通り雨のことだが、本州では「狐の嫁入り」とも言われるように、「片降り」は異次元からのやってくる恵みのような感じを抱くのかも知れない。「彼岸此岸の綱を引く」とは、忘れている異次元感覚を想起させる際に引き起こされる日常と非日常の内面のせめぎあいを指しているのだろう。

白詰草メビウスの帯で基地囲む
錦帯橋水面《みなも》に映すメビウスの帯

「メビウスの帯」は一般的には反物のような帯状の長方形の片方の端を一八〇度ひねって、他方の端に貼り合わせた曲面の不思議な循環している形状であり、科学や芸術の分野でも活用されている。最近では持続可能な社会の循環と再生のシンボルとしてデザイン化もされている。一句目では、少女たちは春の野に出て白詰草を編んで花輪の冠やネックレスを作るのだろう。

その白詰草の花飾りのように、沖縄の人びとが連帯し合いメビウスの帯となって普天間基地などを取り囲み、基地をいつの日か平和の花園にしたいと願っているのだろう。また二句目では、五連のアーチの錦帯橋が水面に映るのを見て「メビウスの帯」のようだと気づいてしまう。

降り注ぐ霊力《セジ》の微粒子東御廻り《アガリウマーイ》

ニライカナイの楽土から稲を携えヤハラヅカサの浜辺に降り立ったアマミキヨは、浜川御嶽《ハマガワウタキ》に仮住まいした後に他の聖地に移っていった。そのゆかりの聖地であるヤハラヅカサ、浜川御嶽、受水走水《うきんじゅはいんじゅ》を含めた十四箇所を回ることを東御廻り《アガリウマーイ》と言い、今も続けられているという。「霊力《セジ》の微粒子」とは、アマミキヨが感じたであろう聖なる降り注ぐ光をこの場所で追体験しようとしているようだ。おおしろ房氏はその聖なる光を俳句の中に込めて読むものにその場所に誘いたいと願って詠んだのだろう。

缶蹴りの片足忘れ大夕焼
地球の心棒になるまで独楽廻す

缶蹴りで缶を蹴りだす爽快感を片足が覚えている。できるだけ長く独楽を回す工夫をすることに熱中する。そんな子供たちの遊ぶ時間を、「大夕焼」や「地球の心棒」は見ているのではないか。そんなゆったりした時間と異次元の空間がまじりあった句だろう。

これらを含めた句集『霊力《セジ》の微粒子』(三八二句)は、篠原鳳作や野ざらし延男氏たちの沖縄の無季俳句の百年近くの歴史を踏まえ、沖縄の日常と非日常がねじり合って接続している暮らしの深層を明るみに出している。この句集によって沖縄の文化、宗教、歴史が今も生々しく息づいている現代の沖縄を受け止めることができる。さらに宮沢賢治と類似するような詩的精神で、おおしろ房氏が宇宙と人間や生き物たちの多次元的関係性を見詰めていることを感じ取れるだろう。

あとがき

句集『霊力《セジ》の微粒子』は、私の第二句集である。第一句集『恐竜の歩幅』から二十年の月日が経ってしまった。第一句集は、二十代後半から四十代前半までの二十年間の作品が収められている。句集は、独身時代から結婚して子供たちが生まれ、子育てと仕事に忙殺されながら、日々の生活を詠んだ句が多い。句集の「あとがき」に「作品には、二十年の私の軌跡があった。一句一句に思い出が込められており、生き生きとその時の情景や心情が蘇ってくる。人生の節目節目において俳句は作られたようだ。俳句は私の生きた証なのかも知れない」とある。その時と、今の私の俳句作りはあまり変わってないように思う。

本句集は、四十代後半から退職までの約二十年間の作品が収めてある。奇しくも私の教員生活の前半と後半に分かれる。後半も日常句が多い。他には外国や県外・県内の俳句紀行の句も多い。百聞は一見に如かずで多くのことを見て感じた。さらに、私が住んでいる沖縄を詠んだ。私が生まれた時から沖縄は、アメリカの統治下にあり、日本復帰してもその現状はさして変わらない。コザの街で育った私にとっては、基地は当たり前の風景だった。俳句を作ることで、アイデンティティーについて考えるようになった。

退職を機に、本句集を出版しようと考えていたのだが、さまざまな事情で今年になった。コロナ禍の中での出版であるが、原稿はその前から準備していたので、コロナの俳句は今回ありません。だが、以前の普通の生活がいかに大切で貴重だったのかがよくわかる。

コロナ禍で世の中が大きく変わろうとしている中で、「今、自分ができること」を考えてみた。大きな世界の流れの中では、ちっぽけな存在である私が、「霊力の微粒子」のように輝いて生きていたことを感じていただけたらと思う。

四十年間、不肖の弟子を見放さずにご指導いただいた野ざらし延男先生、いつも温かく励ましてくれる天荒俳句会の仲間の存在をありがたく思っています。

今は成人して私の応援をしてくれる三人の子供たち、俳句のよきライバルで、私の一番の理解者である夫のおおしろ建に感謝します。

最後に、第二句集を出版するにあたり、コールサック社の鈴木比佐雄氏には、多くのアドバイスを頂きましたことに感謝申し上げます。

二〇二一年六月　おおしろ房

著者略歴

おおしろ房（おおしろ　ふさ）（本名・大城房美）

1955年　沖縄市生まれ。

1974年　コザ高等学校卒業

1979年　琉球大学理工学部数学科卒業

2009年　琉球大学大学院教育学研究科修士課程修了

【職　歴】

具志川中学校・北城聾学校／高校数学教諭—宮古高校・美里高校・前原高校・那覇工業高校・豊見城高校を経て、首里高校にて定年退職（2016年）。

【俳　歴】

1982年、野ざらし延男氏に俳句を学ぶ。俳句同人誌「天荒」（野ざらし延男代表）創刊同人。「天荒」誌、天荒合同句集を中心に作品を発表。現代俳句協会会員。

2001年　第一句集『恐竜の歩幅』出版

2002年　第36回「沖縄タイムス芸術選賞奨励賞」（文学・俳句部門）受賞

2019年　石川・宮森小学校ジェット機墜落事件六〇周年事業「平和メッセージ作品」コンクール「俳句部門」—「優秀賞」受賞

2020年　第15回「おきなわ文学賞」（沖縄県文化振興会主催）——「俳句部門」一席（沖縄県知事賞）受賞

【現住所】

〒903-0812

沖縄県那覇市首里当蔵町2丁目57番地

石炭袋

霊力《セジ》の微粒子

2021年8月2日初版発行
著　者　　　おおしろ房
編集・発行者　鈴木比佐雄
発行所　株式会社 コールサック社
〒173-0004　東京都板橋区板橋 2-63-4-209
電話 03-5944-3258　FAX 03-5944-3238
suzuki@coal-sack.com　http://www.coal-sack.com
郵便振替　00180-4-741802
印刷管理　（株）コールサック社　制作部

装幀　松本菜央

落丁本・乱丁本はお取り替えいたします。
ISBN978-4-86435-483-7　C0092　￥1500E